novum pocket

Alina Valais

Die Nachbarn der Holunderbergstraße 153

novum pocket

Bibliografische Information
der Deutschen Nationalbibliothek:

Die Deutsche Nationalbibliothek
verzeichnet diese Publikation in der
Deutschen Nationalbibliografie.
Detaillierte bibliografische Daten
sind im Internet über
http://www.d-nb.de abrufbar.

Alle Rechte der Verbreitung, auch
durch Film, Funk und Fernsehen, fotomechanische Wiedergabe, Tonträger, elektronische
Datenträger und auszugsweisen
Nachdruck, sind vorbehalten.

Gedruckt in der Europäischen Union
auf umweltfreundlichem, chlor- und
säurefrei gebleichtem Papier.

© 2023 novum Verlag

ISBN 978-3-903382-65-7
Lektorat: Sandra Mizera
Umschlagfoto: Midjourney KI
Umschlaggestaltung, Layout & Satz:
novum Verlag

www.novumverlag.com

Kapitel 1

Es war ein lauwarmer Herbstabend und altmodische Laternen, wie man sie oft in London antraf, beschienen sanft die leeren Straßen.

In dieser Gegend waren frei herumlaufende Katzen häufig anzutreffen. Sie waren in verlassenen Gebäuden, auf den Straßen und saßen auch in Schaufenstern von Geschäften.

Ein junger Mann, betrat die Bar am Straßenrand. Sie hatte ein goldenes Schild, auf dem „Tony's Bar" stand. Beim Öffnen der Tür klingelte ein Glöckchen. Der alte Mann, der sich hinter der Theke befand, bewegte sich nicht, warf aber einen kurzen Blick zur Tür, in dem er über seine Brillengläser sah.

„Guten Abend, Bernard.", begrüßte ihn der junge Mann lächelnd. „Abend", erwiderte er, während er sich wieder seinen Rechnungen widmete.

Der junge Mann hängte seinen braunen Mantel auf und setzte sich an die Theke. „Was darf's sein?", fragte Bernard, ohne von seinen Rechnungen aufzuschauen. „Gin", antwortete er. Bernard legte seinen Bleistift nieder und füllte ein Glas mit Wasser. „Wie war dein Tag?", fragte Bernard. „Ich habe einen neuen Buchladen entdeckt.", sagte er, zog ein handgroßes, dünnes Buch aus seiner Hosentasche und legte es auf die Theke. Bernard nahm das Buch in die Hand, richtete seine Brille, kniff seine Augen etwas zusammen und las den Titel. „Scheint mir junge Literatur zu sein.", brummte er.

Die Bar hatte nur zwei weitere Besucher. Ein Pärchen. Die Frau rauchte aus dem Fenster und trug ein senffarbenes

Kleid. Der Mann las aufmerksam die Zeitung. Er trug einen Anzug, ohne Jackett. Auf dem Tisch standen zwei Tassen Tee.

Der Himmel wurde dunkler und Wind wehte Blätter von den Bäumen.

Bernard kritzelte angespannt in einen kleinen Notizblock, während er immer wieder einen kurzen Blick auf die Rechnungen warf.

Kapitel 2

Das Pärchen verabschiedete sich und verließ die Bar. Kurz darauf schlug die Wanduhr. Bernard legte die Rechnungen und seine Notizen sorgfältig in die Kasse und schenkte sich ein Glas Whiskey ein. Der Junge klappte sein Büchlein zu und verstaute es in seiner hinteren Hosentasche. Dann stand er auf, trank den letzten Schluck Wasser und schob das Glas über die Theke zu Bernard. „Danke", sagte er und holte seinen Mantel. Beim Vorbeigehen verabschiedete er sich von Bernard und ging über eine kleine Treppe auf die Männertoilette. Wie abgemacht, verschloss er von innen. Er ging zum Fenster und öffnete es angestrengt. Es klemmte. Als es weit genug geöffnet war, kletterte er raus und stieg einer Feuerleiter hinauf. Er achtete darauf, sich nicht am Rost der Leiter zu schneiden. Vor dem Fenster im ersten Stock, machte er Halt. Während er sich mit der linken Hand an der Leiter fest hielt, holte er mit der Rechten einen Nagel aus seiner Manteltasche. Er griff nach dem Schloss und knackte es mit dem Nagel. Das Schloss und den Nagel steckte er in die Manteltasche und öffnete das Fenster. Er kletterte hinein und schloss das Fenster wieder.

Es war ein kleiner Raum. Ein Bett, ein paar Möbel und ein Waschtisch. Er zog den Nagel aus seinem Mantel, drückte ihn fest in ein bereits vorhandenes Loch in der Wand, gleich neben dem Fenster, und hängte seinen Mantel daran auf.

Er ließ sich auf sein Bett plumpsen und nahm das kleine Buch aus seiner Hosentasche, um im Schein der Straßenlaternen die letzten paar Seiten zu lesen.

Kapitel 3

Es war mitten in der Nacht, als es zu regnen begann. Anselms Fenster war angelehnt und etwas Regen tropfte ins Zimmer. Es formte sich eine kleine Pfütze.

Plötzlich schmetterte es laut und man hörte stampfende Schritte im Gang, sie hielten bei Anselm an und dann folgte ein Hämmern gegen Anselms Tür. Er wachte sofort auf. „Anselm, ich weiß, dass du da drin bist!", brüllte eine tiefe, wütende Stimme.

Er wusste, dass Herr Pedocchi das unmöglich wissen konnte, dennoch stand er auf, griff verschlafen nach einem Hemd und öffnete die Tür.

Herr Pedocchi verlor keine Zeit und begann laut zu brüllen, bevor die Tür vollständig geöffnet war, während Anselm noch immer benommen sein Hemd anzog.

Herr Pedocchi, der einen alten rosaroten Bademantel trug, welcher seine haarigen Beine nur bis unter die Knie verdeckte, und dazu passenden Pantoffeln, war der Vermieter des Hauses. Er wusste schon immer, wie man mit Mietern umzugehen hatte, welche noch nicht bezahlt hatten.

„Miete!", forderte Herr Pedocchi bestimmt zum Abschluss seiner wütenden Rede und streckte seine Hand aus. Anselm kramte in einer Schuhbox auf einem Wandgestell neben der Tür und überreichte ihm das Geld. Gähnend lehnte Anselm sich an den Türrahmen und wartete, bis Herr Pedocchi alles durchgezählt hatte. Kurz darauf murmelte er: „Gut", und steckte das Geld in seinen Bademantel. Er griff in die andere Tasche und zog zwei Schlüssel mit Anhänger hervor. Ein Haus- und ein Wohnungsschlüssel. „Bitte", sagte er, während er ihm seine Schlüssel überreichte. „Aber wäre ja nicht so, dass du sie bräuchtest", sagte er mit einem missbilligenden Blick. Herr Pedocchis Wohnung war nebenan. Er ließ die Türe dazu offen und seine braune Beleuchtung erhellte den Korridor. Beim Weglaufen sagte er noch versichernd: „Ab morgen hast du auch wieder Strom", und verschwand in seiner Wohnung.

Kapitel 4

In der Nacht verstärkte sich der Regen noch mehr und man konnte den Wind heulen hören. Anselm wurde vom Gewitter geweckt und ging zum Fenster, um es zu schließen und trat beinahe in die Pfütze, die er erst jetzt bemerkte. Als er aus dem Fenster sah, erblickte er eine verschwommene Gestalt mit Hund die Strasse überqueren. Der Krach des Gewitters nahm ab, als er das Fenster schloss. Er blieb noch etwas stehen, um den Regen zu genießen.

Kapitel 5

Tonys Bar und die Wohnungen von Anselm und Herrn Pedocchi darüber befanden sich in einem Altbau, aus dessen Kamin feiner Rauch aufstieg. Der Weg zum Eingang bestand aus kaputten Steinplatten mit kleinen Pflanzen, welche sich durch die Abstände zwischen den Steinen zwängten.

Die Wände waren überdeckt mit Kletterpflanzen, welche sich auch um ein Schild wickelten; jedoch nicht bis zur Unleserlichkeit.

Zwischen zwei großen Fenstern, deren Glas Sprünge hatte, war die Eingangstür. Hölzern, altmodisch, stabil.

Unter den Fenstern befanden sich große Töpfe mit grünen Pflanzen.

Herr Pedocchi, Anselm und Frau Kiri wohnten im ersten Stock. Im zweiten Stock war die einzige Dusche im Haus, eine Abstellkammer und Bernards Wohnung, die er fast nicht benutzte.

Frau Kiri hatte kurzes rotes Haar, eine pummelige Statur und ein rundes, sanftes Gesicht. Sie war eher ruhig. Anselm konnte nur ab und zu ihre Pflegehunde bellen hören, was ihn nicht störte. Sie kümmerte sich um zwei. Einer mit Seh- und Hörschwäche er war weiß und kam ihr bis unters Knie und der andere mit gebrochenen Knochen dieser hatte alle möglichen Farben und war etwas größer.

Daneben hatte sie auch noch Vögel und jede Menge Kleintiere. Sie hatte schon immer ein großes Herz für Tiere. Eigentlich waren Haustiere in diesem Wohnbau nicht erlaubt, doch der Vermieter traute sich nicht, etwas gegen den Verstoß zu äußern.

Der Grund, warum sie in so einem alten Haus wohnte, war um möglichst viel Geld zu sparen, um kranke und verletzte Tiere besser pflegen zu können.

Sie hatte noch keine detaillierte Vorstellung davon, wie, aber es war schon immer ihr Traum gewesen und das kleine Gehalt als Uhrmacherin ließ ihr noch genug Zeit, um alles genau zu planen.

Der Vermieter hingegen hatte keine Passion oder Pläne für die Zukunft. Ihm gelang es, von den Mieteinnahmen gut zu leben und er widmete sein Leben dem Ausruhen.

Anselm, der zwischen dem Vermieter und Frau Kiri wohnte, war ein Student. Er war die Verkörperung der Energie, welche man im jungen Alter hat. Er war stark liberal, unterstützte die Demokratie und den Sozialismus.

Und er war ein begeisterter Leser. Er las für sein Leben gerne. Neben kleinen Novellen für Unterhaltung auch dicke Werke von den ganz Großen. Philosophen, Psychologen, Wirtschaftern, Natur- und Geisteswissenschaftlern, Historikern und Künstlern. Seine Sammlung war in einem unorganisierten Büchergestell aufgestellt.

Frau Kiri war, abgesehen von ihrem Faible für Pflegetiere eine angenehme Mieterin. Immer mittwochs wusch Frau Kiri ihre Wäsche und hing sie nass aus dem Fenster im zweiten Stock. Sie tropften in Anselms Topfpflanzen, was sie schon mehrfach vor dem Sterben bewahrt hatte.

Anselm jedoch war für den Geschmack des Vermieters zu laut. Mit seiner Musik, den sozialen Treffen und Tanzen in der Wohnung war dies auch verständlich. Er fand sich jedoch damit ab und beschwerte sich nur noch in Extremfällen.

Er lebte sehr ruhig und oft war sein einziges Lebenszeichen der Zigarrenrauch, der aus seinem Fenster qualmte. Bernard und Anselm machten manchmal Witze darüber. Nichts, was der Vermieter machte, war wirklich lustig, aber es war einfach sich über ihn lustig zu machen.

Samstags und Sonntags hörte Herr Pedocchi von punkt Zehn Uhr bis Elf Uhr die „Swiss Jazz Hour", las dazu seine Zeitung und hatte eine Tasse dampfenden Kaffee neben sich. Manchmal, wenn ihm ein Stück sehr gut gefiel, legte er die Zeitung hin, hörte aufmerksam der Musik zu und nickte hin und wieder. Dann murmelte er in seinen Bart etwas in die Richtung von: „Dieses Saxophon war nun wirklich ein Meisterwerk", und las weiter.

Da Anselm und Frau Kiri beide kein Radio besaßen, hatten sie zu dieser Zeit die Fenster immer offen, um mithören zu können. Anselm lernte meistens dabei.

Es war sehr friedlich.

Kapitel 6

Es war ein regnerischer Samstagmorgen mit feinem Nebel. Anselm war froh, dass er seine Schlüssel wieder hatte und bei diesem Wetter nicht an der Hausfassade hinunterklettern musste.

Er öffnete die Haustür und nahm die Schlüssel vom Nagel. Er hielt es nicht für nötig, die Tür abzuschließen, da er nichts von hohem Wert besaß, dennoch tat er es, um zu feiern, dass er seine Schlüssel wieder hatte.

Er hatte den Verdacht, dass sich in diesem Haus nichts befand, was sich zu stehlen lohnte.

Aus der Wohnung des Vermieters hörte man Husten und dann Fluchen. Obwohl das gesamte Haus heruntergekommen war, war es sauber und man gab sich auch grosse Mühe, die Korridore freundlich zu gestalten. Es gab noch zwei weitere Türen auf diesem Stockwerk.

Gleich zur Rechten befand sich die Wohnung von Herrn Pedocchi. Er war ein Junggeselle und schien das auch zu genießen.

Anselm ging zur Treppe und nahm sich eine Zeitung aus dem kleinen Zeitungsstand, der neben der Treppe stand.

Im ersten Stock war der gesamte Boden mit einem dunkelgrünen Teppich überzogen. Es gab ein paar Fenster in unregelmäßigen Abständen unter denen sich jeweils kleine Tische mit Hyazinth- und Rosensträußen befanden. Der angenehme Duft der Rosen lag immer in der Luft und die Fenster waren groß genug um den Korridor mit natürlichem Licht zu versorgen.

Die Bar war noch nicht geöffnet. Anselm setzte sich an einen gedeckten Tisch, auf dem ein Stapel Post lag, adressiert an dieses Haus. Die Post war nicht sortiert. Anselm ging den Stapel aufmerksam durch.

„Endlich!", rief Anselm aufgeregt und wedelte einen Brief in der Luft.

Kurze Zeit später saßen alle vier am gedeckten Tisch und lasen ihre Post oder Zeitung. Mit Gebäck im Mund sagte Bernard: „Das Rohr im ersten Stock ist verstopft." Der Vermieter schrieb es sich auf und fragte, auch während des Kauens: „Noch etwas?" „Ich glaube, der Wasserboiler funktioniert nur noch teilweise", sagte Frau Kiri. Nickend schrieb er es auf die Liste. „Den Boiler zu ersetzen, könnte sehr teuer werden", sagte der Vermieter nachdenklich. „Der Cousin eines Freundes von mir kennt sich mit solchen Dingen aus. Ich frage ihn, ob er mal vorbei kommen kann.", sagte er und schloss sein Heftchen. „Auf dem Weg zur Uni kann ich allfällige Post einwerfen, falls jemand welche hat", bot Anselm an und nahm einen Schluck Kaffee. „Gerne!", sagte Kiri. Sie frühstückten noch eine Weile und genossen die Wärme. Draußen schneite es und man begann Lichterketten aufzuhängen.

Nach einer Weile standen sie auf. Kiri ging zur Arbeit in den Uhrenladen im Gebäude gleich neben an, Anselm ging zur Universität, Pedocchi ging zwecks Erledigungen in die Stadt und Bernard öffnete die Bar und begrüßte die ersten Kunden.

Früh morgens war meist nicht viel los und Anette, die Kellnerin, kam immer erst gegen elf. Während Frau Kiri arbeitete, waren die Hunde meist in der Bar oder im hinteren Garten. Bernard, welcher auch ein Herz für Tiere hatte, schaute manchmal nach ihnen und brachte Wasser.

In den Pausen konnte Frau Kiri auf einen kurzen Spaziergang mit ihnen gehen und sie auch füttern. Bernard liebte die Hunde. Er war anfangs dagegen, dass Tiere in seiner Bar sind, doch die Gäste freuten sich darüber und er selbst mochte die Hunde sehr.

Es war ein friedlicher Morgen und die einzigen drei Gäste waren drei alte Damen, welche gleich um die Ecke wohnten. Beatrice, Gladice und Hilde. Sie saßen an einem Fenstertisch und genossen die Aussicht. Kurz vor elf kam der Vermieter stapfend und voller Schnee durch die Tür. Er hatte eine rote Nase und war so dick umhüllt, dass seine Silhouette der einer Kartoffel ähnelte. Schnell lief er durch die Bar und hinauf in den ersten Stock, wo er sich in die Badewanne setzte. Er hatte schon immer schnell eine Erkältung bekommen.

Gegen elf kam Anette durch die Tür.

Sie zog ihren dicken Mantel aus und darunter kam ein Rock mit Schürze zum Vorschein.

Sie arbeitete schon länger dort und kannte die Stammkundschaft.

Um zwölf Uhr hatte Frau Kiri Mittagspause. Sie schloss den Uhrenladen, drehte das Schild um und ging rüber in die Bar. Sie aß meistens dort, weil es nahegelegen war, sie mit den Hunden laufen gehen konnte und auch aus Gewohnheit.

Am Nachmittag schien die Sonne. Im Uhrenladen war nicht viel los und Frau Kiri stand vor der Tür, um ein paar Sonnenstrahlen abzubekommen.

Mit vollem Tablett ging Anette zu einem Tisch nahe dem Fenster, welches Sicht auf den Uhrenladen hatte. Sie sah Frau Kiri und brachte ihr einen Kaffee. Sie unterhielten sich vertraut, bis ein Kunde in den Uhrenladen kam und Anette wieder in die Bar ging.

„Guten Tag, wie kann ich Ihnen helfen?", fragte Frau Kiri höflich. Der Kunde war ein älterer Mann, der sich aufmerksam im Laden umsah. Es war ein kleiner Laden mit einem Hinterzimmer, in dem sie die Uhren fertigte und reparierte.

Um vier Uhr kam Anselm von der Uni zurück. In den Händen hatte er einen riesigen Stapel Bücher, den er auf einen leeren Tisch fallen ließ. Anatomie, Biologie, Biochemie und Bakteriologie.

Bernard brachte ihm eine Tasse Tee, als er ihn sah, wie er leer auf seine Bücher starrte. Anselm sah auf, lächelte ihn an und schlug dann das dickste der Bücher auf. Anatomie. Beim Lesen machte er sich detaillierte Notizen. Hin und wieder seufzte er.

Es wurde langsam Abend und der Betrieb wurde ruhiger. Es war nur noch das Pärchen vom letzten Abend in der Bar.

Um halb sechs wurde es langsam dunkel und Frau Kiri hatte Feierabend. Sie verwendete die letzten 20 Minuten ihrer Schicht immer, um aufzuräumen und zu putzen. Nachdem sie den Laden abgeschlossen hatte, holte sie die Hunde aus dem Garten und machte einen Abendspaziergang mit ihnen. Sie liebte den Abendspaziergang mit ihren Hunden und die frische Luft. Meist ging sie über den Holzsteg beim Fluss und lief am Waldrand entlang. Trotz der Kälte saßen viele Leute draußen bei den Restaurants, tranken etwas und wurden von Wärmelampen und farbigen Girlanden beschienen.

Anselm machte gerade eine Lernpause und half etwas in der Küche aus. Er machte dies oft nach der Uni.

Kapitel 7

Gegen acht Uhr wurde es wieder voller und um neun hatte Anette Schichtende. Oft blieb sie etwas länger und half beim Putzen in der Küche. Um zehn Uhr schloss die Bar.

Bernard nahm ein kleines Radio unter der Theke hervor, richtete die Antenne und suchte nach seinem Lieblingssender. Er spielte meist Instrumentalmusik von Saiteninstrumenten.

Nach langem Rauschen hörte man eine sanfte Geige spielen, begleitet von einem Bass. Es gab niemanden in diesem Dorf, der nicht gerne bei einer Tasse Tee dem Radio lauschte.

Bernard wischte den Boden, während Anselm die Tische abräumte. Das Stück endete und man hörte Publikum klatschen. Bernard schloss die Tür ab und setzte sich zu Anselms Tisch. Seine Bücher waren aufgeschlagen und über den ganzen Tisch verteilt. Anselm kam mit zwei Tassen heißem Tee aus der Küche und stellte beide auf den Tisch. Bernard nahm sein Abrechnungsheft hervor und begann, es genau zu studieren, während Anselm sich wieder in seinen Büchern vergrub. Draussen war es nun stockdunkel.

Es schneite seit ein paar Stunden und es formte sich eine Schneedecke über der Stadt. Die Glocke über der Tür läutete und Frau Kiri kam mit roter Nase und roten Wangen zur Tür herein. Ihre beiden Hunde rannten euphorisch um sie herum. Bernard holte ihr eine Tasse Tee und den Hunden etwas Wasser in einem Napf. Frau Kiri setzte sich strahlend zu Anselm und verabschiedete sich, nachdem sie den Tee getrunken hatte. Kurze Zeit darauf ging auch Bernard nach Hause.

Anselm blieb am Tisch sitzen und lernte weiter. Die meisten Lichter in der Bar waren ausgeschaltet, außer seiner Tischlampe und der Kerzen in den Chiantiflaschen. Er war froh, dass es bereits Freitag war und er nur noch eine Woche warten musste.

KAPITEL 8

Es war ein kalter Sonntagnachmittag.
 Morgen war endlich der Tag, auf den Anselm so sehnsüchtig gewartet hatte. Aus diesem Grund wollte er seine Wohnung putzen. Er hatte selbst keine Putzutensilien und musste sie, wie die meisten im Haus, beim Vermieter ausleihen.

Im Gang war niemand, aber man konnte Geräusche der Nachbaren durch die Türen hören. Anselm klopfte an die Tür. Der Vermieter öffnete, mit einem Stumpen im Mund und einem verrutschten Toupet. „Ja?", fragte er mürrisch. Anselm hatte ihn wohl beim Radio hören gestört. „Kann ich den Staubsauger und die Lumpen ausleihen?" „Ach so. Natürlich", antwortete der Vermieter grummelnd und bat ihn hinein. Herr Pedocchi verschwand hinter einer Türe und man konnte Gepolter hören. Seine Wohnung war etwas größer und hatte Fenster hin zur Vorderseite des Hauses. Es roch in der Wohnung angenehm nach frisch gemahlenem Kaffee und sie war sehr gemütlich eingerichtet. Trotzdem konnte man gut erkennen, dass er ein Junggeselle war. Gleich neben dem Fenster stand ein antiker, brauner Ledersessel, und daneben ein kleiner Tisch. Es war ein runder Holztisch, auf dem das laufende Radio stand. Er hatte eine kleine Küche und ein separates Schlafzimmer mit Abstellkammer.
 An einer Wand hatte er eine alte Weltkarte und daneben ein Büchergestell.

Nachdem er seine Wohnung geputzt und aufgeräumt hatte, wollte er in die Stadt. Wenn es so kalt war, waren die

Straßen meist leer. Mit großen Schritten bog er in die „Rue de Phideline" ab, welche nicht breiter als eine Seitengasse war. Die meisten Geschäfte dieser Straße waren höher oder tiefer als der Boden selbst. Deshalb musste man kleine Treppen auf- oder absteigen.

Geschäfte auf gleichem Niveau gab es nur wenige. Die Rue Phideline befand sich im Stadtteil der nicht renovierten Altstadt. Zwei Personen nebeneinander hatten nur knapp Platz. Fenster waren manchmal etwas schief und es hatte viele verwachsene Außenwandlaternen. Die Schaufenster waren sehr sorgfältig und detailliert gestaltet und man wollte am liebsten in jedes einzelne der Geschäfte reingehen. Bei dem Geschäft mit dem Schild „Antiquariat und Buchhandlung" blieb er stehen und bewunderte das Schaufenster, bevor er eintrat.

Es stellte sowohl alte Bücher als auch goldene Objekte aus. Eine Taschenuhrkollektion, ein Monokel, ein Teleskop, Ketten und Ringe. Er stieg die drei Stufen zur Tür hinauf und betrat das Antiquariat. Eine kleine Glocke klingelte über der Tür. „Guten Tag", grüßte Anselm höflich. „Tag", erwiderte der Besitzer. Er saß hinter einer alten Kasse und war in ein antikes Buch versunken.

Es war ein kleiner, überfüllter Laden und abgesehen von ein paar Kartonschachteln, welche noch nicht ausgepackt waren, sah es sehr ordentlich aus. In einer Ecke war ein Plattenspieler. Zwei der vier Wände waren bis unter die Decke mit Büchern vollgestopft. Mit den Händen in der Hosentasche stand Anselm vor einem der riesigen Bücherregale und sah sich um. Hin und wieder nahm er ein Buch heraus und las ein paar Seiten. Nach einer Weile begann der Ladenbesitzer ihn zu beobachten und klappte sein Buch am Ende zu. „Kann ich Ihnen behilflich sein?", fragte er, während er seine Lesebrille abnahm. „Haben Sie etwas von?", fragte Anselm. „Linker Karton ganz unten." Anselm schob das Buch, welches er in seinen Händen hielt, zurück ins Regal und ging zum Karton. Er war bis oben gefüllt und bevor Anselm sich daran machte, alles auszupacken, warf er dem Besitzer einen etwas verwirrten Blick zu. Eines der untersten Bücher hatte den Titel „Die Nachbarn" und unter Autor war geschrieben: E. B. Schröner. „Soll ich Ihnen die Bücher gleich irgendwo einordnen?", fragte Anselm, während er wieder aufstand. Etwas überrascht antwortete der Vermieter: „Ich brauche keine Arbeitskraft. Aber wenn es Ihnen Freude macht, gerne", und er zeigte zu einem leeren Regal. Anselm packte alle Bücher wieder in den Karton, trug sie zum Regal und ordnete sie ein. Trotz des buschigen Schnauzes des Besitzers konnte man ein leichtes Schmunzeln erahnen.

„Was interessiert Sie so an Schröner?", fragte er, während er Anselm zusah, wie er die Bücher einordnete. „Jugendliteratur." Als er das hörte, lachte der Besitzer laut auf. „Ich verstehe."

„Seine Ansichten.", erläuterte Anselm noch.

„Haben Sie auch Platten?" „Ja zwei." sagte er stolz.

Das fand Anselm sehr überraschend. Platten bekam man so gut wie nicht hier in der Gegend. Eigentlich in der ganzen Stadt nicht. Es gab lange Verbote für das Spielen von Musik allgemein. Dies wurde gelockert und war nun wieder Legal. Das Radio war sehr verbreitet und beliebt. Vor allem klassische Musik. Platten und alle anderen Musikrichtungen, waren jedoch schwer zu kriegen. Anselm war stolz zwei zu besitzen. Das war rar. Plattenspieler konnte man gut bekommen, aber was hatten sie für einen Nutzen ohne Platten, abgesehen von einem ästhetischen vielleicht.

„Haben sie eine andere Musikrichtung als klassisch Instrumental?", fragte Anselm neugierig.

Der Besitzer kramte eine unter seinem Tresen hervor und sah sie an „Swing", sagte er.

„Diese könnte Ihnen gefallen" Als Anselm fertig war, ging er zur Kasse und legte sein Buch daneben. „Acht Schilling.", meinte der Besitzer. „Und die Platte?", fragte Anselm interessiert. „Geschenkt."

Anselm strahlte und bedankte sich wiederholt. „Wie war Ihr Name?" „Edgar.", „Anselm. Hat mich gefreut", sagte er und schüttelte seine Hand.

Kapitel 9

Wieder in der Bar setzte sich Anselm an den Tresen.

Das Pärchen war wieder da. „Wie war dein Tag?", fragte er. Bernard schaute angestrengt von seinen Abrechnungen auf und als ihre Blicke sich trafen, entspannte sich sein Gesichtsausdruck und er lächelte scheu. Er wusste, dass er nicht auf diese Frage zu antworten brauchte und fragte: „Gin?"

Kapitel 10

Er setzte etwas Wasser auf und ging zum Fenster. Es war ein sehr trüber und nebliger Abend. Man konnte die Laternen nicht mehr erkennen, nur noch sanfte Lichtquellen. Er setzte sich auf den Fenstersims und wartete, bis das Wasser kochte.

Als das Wasser kochte, ging er zum Waschbecken. Darüber gab es ein kleines Wandregal mit einer Teesammlung. Er wählte einen Tee aus und setzte sich mit einer Tasse Tee wieder auf den Fenstersims und begann, das neue Buch zu lesen.

Kapitel 11

Heute war endlich der Tag gekommen, auf den Anselm so lange gewartet hatte. Lesley kam aus Kabul zurück.

Mit breitem Grinsen im Gesicht putzte er sich die Zähne, zog ein faltenfreies Hemd an und stand um punkt neun Uhr am Gleis zwei. Er wippte vor Anspannung vor und zurück und kurze Zeit später konnte man die Lokomotive sehen. Sie fuhr langsam in den Bahnhof ein und gab noch ein letztes Keuchen von sich, bevor sie ganz stehen blieb. Die Passagiere fingen an auszusteigen.

Ein junger Mann streckte seinen rothaarigen Kopf aus der Tür. Sein Gesicht erhellte sich, als er Anselm sehen konnte.

Er warf seine Gepäcksstücke aus dem Abteil und während er das tat, entdeckte Anselm auch ihn und rannte ihm entgegen. „Lesley!", schrie er und winkte. Lesley ließ sein Gepäck stehen und rannte ihm entgegen. Beide schrien sich Begrüßungen zu und umarmten sich herzlich. „Ich habe deinen riesen Zinken so vermisst", sagte Anselm und täuschte Schluchzen vor. „Kann ich dir nicht übel nehmen", sagte Lesley und lachte.

Hast du den Brief bekommen, den ich dir geschickt habe?", fragte Anselm und schnappte zwei der drei Taschen, welche auf dem Boden lagen. Sie waren aus braunem Leder und hatten ohne Zweifel viel erlebt. „Ja, nächste Woche ist das die Geburtstagsparty von Felix, nicht?" Anselm nickte und sie lachten sich an. Ohne dann viel Zeit zu verlieren begann Lesley, sich über die Rückreise zu beschweren und den allgemein unorganisierten Aufenthalt.

Während Lesley die Wut der letzten drei Monate loswurde, sah Anselm ihn mit einem Lächeln an und konnte seine Freude nicht ausdrücken darüber, dass er zurück war. Als er sich über die Unterkunft aufregte, setzte er sich einen braunen Fedora auf, als wäre es natürlich. Anselm prustete los und unterbrach ihn beim Reden. Er musste sogar kurz stehen bleiben und lachte laut. Lesley war anfangs etwas verwirrt, aber seine Augen sahen schnell hoch zum Hut und er grinste. „Ja, ja, da sieht man wieder, dass das gemeine Volk sich nicht mit Mode auskennt", meinte Lesley und widmete sich wieder seinem Monolog.

Lachend und trotz des Gepäcks wild gestikulierend, liefen sie den Gleis entlang.

Lesley war die letzten drei Monate in Kabul gewesen und hatte dort archäologische Funde der Weiram-Zeit für seine Bachelorarbeit erforschte.

Es regnete stark und als sie Tonys Bar erreicht hatten, waren sie total durchnässt.

Anselm öffnete die Tür zu seiner Wohnung und verstaute das Gepäck im Wandschrank. „Ich sehe, du hast deinen Schlüssel wieder", sagte Lesley spottend, aber doch froh.

„Felix und Cyrill kommen noch vorbei, um dich richtig willkommen zu heißen."

Gegen Abend hörte man plötzlich laute Schritte im Treppenhaus. Es war schon dunkel draußen. Anselm und Lesley waren sich beide sicher, dass es Felix war. Aber dann hörten sie, wie es an der Nachbarstür klopfte und sie waren etwas verwirrt. Sie gingen zur Tür und streckten ihre Köpfe in den Korridor. An Frau Kiris Tür war Felix mit Zigarette im Mund und einem Kasten Bier neben seinen Füßen.

Er unterhielt sich mit Frau Kiri, dessen Türe er anfangs für Anselms hielt. Sie diskutierten angeregt über die neuesten Studien der Zoologie. Felix war in seinem ersten Jahr Biologie an der Universität und wusste, dass er die Zoologie wählen würde, als Masterrichtung.

„Felix!", rief Anselm. Wie aus einem Traum gerissen drehte sich Felix schnell um und winkte ihm lachend zu. Felix verabschiedete sich entschuldigend von Frau Kiri, hob den Bierkasten auf und lief durch den Korridor zu Anselms Wohnung. Anselm begrüßte Frau Kiri und schloss dann die Tür. Lachend schloss auch sie die Tür.

„Du hast nette Nachbaren", sagte Felix, während er den Bierkasten neben die Tür stellte und sagte: „Schön, dass du wieder da bist.", während er Lesley umarmte. Danach reichte er beiden ein Bier und öffnete sich selbst eins. „Cyrill sollte noch kommen, sauf ihm also nicht alles weg", zog Lesley Felix auf. Felix lachte und erwiderte: „Nein der kommt nicht. Er muss arbeiten. Er hat schon vor Monaten diesen Tag freigehalten, aber es ist wohl jemand ausgefallen und er musste einspringen."

Lesley hielt sein Bier in die Höhe und sagte: „Trinken wir darauf, nicht Cyrill sein zu müssen." Die anderen taten es ihm nach.

Ein paar Bier später fiel Anselm die Platte ein. Während er zum Regal ging und eine Schallplatte rausholte, zündete Felix sich eine neue Zigarette an und reichte sie Lesley. Mit der Schallplatte in der Hand sagte Anselm: „Heute gefunden. Swing!", und nahm die Zigarette von Lesley. Rauchend legte er die Platte auf. Beide lauschten aufmerksam. Heitere und schnelle Swing Musik ertönte und Anselm begann enthusiastisch zu tanzen. Lesley folgte seinem Beispiel und machte die verrücktesten Bewegungen. Felix, der eine Krawatte trug, band sie sich um den Kopf und tanzte mit seinem Bier in der Hand mit.

Sie waren beide sehr beindruckt von der neuen Platte und fragten ihn oft, wo er sie her hatte. Doch Anselm verriet es ihnen nicht.

Langsam waren sie etwas angetrunken.

„Wisst ihr, was ich schon immer machen wollte?!", rief Lesley aufgeregt. „Eine Band gründen!" Mit offenem Mund und großen Augen hörte ihm Anselm zu und johlte laut: „Was für eine gute Idee! Das ist genial. Schnell, gib mir was zum Schreiben, damit wir es nicht vergessen." Mit der Zigarette im Mund und dem Bier in einer Hand schrieb er es sich auf den Arm. Felix war damit beschäftigt, eine Pflanze intensiv anzustarren und hörte ihnen nicht zu. Aber seine Reaktion wäre genauso enthusiastisch gewesen, hätte er es gehört.

„Gehen wir morgen in einen Laden mit den Musik-Sachen", sagte Lesley bestimmt. „Ein Instrumentenladen?", fragte Anselm spöttisch und hickste.

Lesley sah nachdenklich auf den Boden und nicken. „Gute Idee", sagte er zum Schluss und nahm einen Zug. „Ich will die Gitarre spielen." „Sollten wir nicht mit der Instrumentenverteilung warten, bis Felix auch wieder bei uns ist?", lachte Anselm und sah Felix an, der immer noch intensiv die Pflanze anstarrte.

Kapitel 12

Sie übernachteten alle bei Anselm. Lesley im Bett, Anselm auf dem Sessel und Felix auf dem Boden. Er wollte ihnen beweisen, dass er überall schlafen konnte und weigerte sich auch im Bett zu schlafen.

Die Sonne ging langsam auf und schien ins Zimmer. Lesley und Anselm schnarchten laut. Es war ein friedlicher Morgen.

Kurz vor Mittag standen sie auf und gingen nach unten in Tonys Bar, um zu frühstücken.

Dabei fragten sie Bernard nach einem Instrumentenladen. Er sagte, dass es einen in der Rue de Phideline gab. Er hieß Katastima Mousikis.

Kapitel 13

Alle drei hatten einen Kaffee in der Hand und liefen durch die Rue de Phideline. Der Laden war am Ende der Gasse und gehörte zu den Untergrundläden, wo man durch Fenster auf Kniehöhe hineinsah, und Treppen hinuntersteigen musste, um hineinzukommen. Es war eine breite Treppe. Der Laden hatte einen zweiten Stock, welcher etwa auf Kinnhöhe war. Dieser war größer und hatte in einer Ecke, neben einem breiten Fenster, das auf eine große Terrasse in einen Innenhof führte, eine kleine Vitrine mit Kuchen und eine Tafel mit Getränken und Preisen. Und auf der anderen Seite die Instrumente.

Im unteren Stock waren nur die Kasse und ein paar Möbel mit Büchern über Musik und Notenblätter. Tausende davon. Sie waren sehr beeindruckt, bis vor wenigen Jahren wäre dies in diesen Massen nicht möglich gewesen.

Im oberen Stock waren die Instrumente ausgestellt.

Als sie in den oberen Stock kamen, wurden sie gleich von einem Mitarbeiter angesprochen. „Kann ich Ihnen helfen? Suchen Sie etwas bestimmtes?", Ohne nachzudenken antwortete Lesley in einem bestimmten Ton: „Instrumente" Der Verkäufer wollte lachen, realisierte aber, dass es kein Witz war und sagte: „Sehen Sie sich doch zuerst etwas um", und lief weg. Felix und Anselm mussten sich stark zurückhalten, um nicht zu lachen, und begannen sich umzusehen.

Es waren viele Instrumente ausgestellt und sie liefen lange herum und begutachteten jedes einzelne.

Felix sah eine Harfe amüsiert an, spielte ein bisschen darauf und wurde dann von einer Angestellten grob auf das Verbot hingewiesen, mit den Instrumenten zu spielen.

Nach einer Weile setzte sich Anselm an ein Klavier. Er sah es genau an und fuhr mit dem Finger die Ränder nach. Ruckartig setzte er sich kerzengerade hin, knackste die Finger, räusperte ankündigend und drückte langsam und gezielt auf einen Ton.

Kurz darauf verkündete er überzeugt: „Ich nehme das.", und nahm seinen Finger wieder weg.

Lesley hatte eine Gitarre in der Hand und versuchte etwas zu spielen, wollte dabei die Gitarrensaiten aber so wenig wie möglich berühren, um sie nicht zu beschädigen. Obwohl fast nichts zu hören war, überzeugte ihn das Instrument und er entschied sich für die Gitarre.

Beide saßen nebeneinander, versuchten ihr Instrument vorsichtig zu spielen und wechselten aufgeregte Blicke.

Scharf um die Ecke kam Felix mit einer kleinen Piccoloflöte, setzte sie an den Mund und spielte so laut und mit so vielen Tönen, wie es nur ging.

Er hörte auf, als er merkte, dass der Verkäufer ihn missbilligend ansah. Verlegen lächelte er, zeigte auf die Flöte und gab einen Daumen hoch. Ihm war sie doch etwas zu schrill, und er entschied sich für eine normale Flöte.

Nachdem sie sich einig waren mit den Instrumenten, setzten sie sich an einen Tisch in dem kleinen Kaffee des Instrumentenladens. Durch das Fenster konnten sie auf die verregnete Terrasse sehen. Momentan schien die Sonne zwischen den Wolken hervor und es war ein angenehmes Wetter. Sie nahmen alle eine Karte in die Hand und begannen, über die Kosten und den Transport zu reden.

„Also die Kosten sollten kein Problem sein, aber der Transport des Klaviers könnte schwierig werden. Neben der Kasse war ein kleines Schild, auf dem stand, sie bieten keinen Transport an und das beste Fortbewegungsmittel, das wir besitzen, sind Fahrräder", sagte Anselm besorgt.

Lesley und Felix nickten nachdenklich. Eine Kellnerin kam an den Tisch und sie bestellten alle Kaffee und Kuchen. „Wir könnten kleine Räder an Bretter bauen und es so von hier zur Bar transportieren", schlug Felix vor. „Okay, sollte uns bis morgen nichts Besseres einfallen, machen wir es so", sagte Lesley.

Ihnen fiel nichts Besseres ein.

Kapitel 14

Nach dem Transport hatte das Klavier etliche Schrammen, Beulen und gewisse Teile fielen ganz ab. Bernard musste ihnen sogar noch dabei helfen das Klavier die Treppen hoch in den zweiten Stock zu bekommen. Keuchend und schwitzend setzten sie sich auf das Bett.

Nachdem sie sich erholt hatten, begannen sie mit der ersten Probe. Zu den Instrumenten kauften sie auch Notenblätter und Anfängerhefte, welche das Notenlesen erklärten. Es war komplizierter, als sie dachten.

Sie kamen nicht weit. Anselm und Felix waren beide in Schock, dass sie Zitat: „Eine neue Schrift lernen mussten"

Lesley war der Einzige mit etwas Vorwissen in Musik. Als er junger war, spielte er die Trompete. Sein Wissen war eingerostet, aber Notenlesen konnte er noch.

Mit kleinen Stickern markierte Anselm die Noten auf dem Klavier und begann dann, noch sehr unsicher und zurückhaltend, ein paar Tasten zu drücken. Das Heft war in Lektionen unterteilt. Er begann mit Lektion eins. Sie beinhaltete ein einhändiges kurzes Lied mit wenig Tonvariation.

Felix lag mit dem halben Körper über der Bettkannte. Sein Kopf berührte leicht den Boden und er hielt sein Übungsheft dementsprechend kopfüber. Interessiert las er die Einführung in die Geschichte der Flöte.

Lesley jedoch war sich sicher, ohne Anleitung zurechtzukommen und verbrachte die meiste Zeit des Abends damit, die Gitarre zu stimmen. Er zupfte eine Saite, nickte nachdenklich und stimmte sie erneut.

Sie beschlossen, die Probe abzubrechen und sich später wieder zu treffen, damit sich alle etwas vorbereiten konnten.

Anselm zog es richtig in den Bann des Klaviers und er spielte in jeder Minute, die er erübrigen konnte. Frau Kiri, welche Musik sehr mochte, freute sich jedes Mal, wenn Anselm sich an das Klavier setzte. Die Wände waren nicht besonders dick und sie konnte ihn beim Üben gut hören. Herr Pedocchi auf der anderen Seite war nicht begeistert von dem ständigen Lärm, welcher ihn von seinen wichtigen Machenschaften abhielt und Anselm musste sich an eine Nachtruhe ab neun Uhr halten.

Er hatte am nächsten Tag Uni. Anselm wachte frühmorgens auf und betrat punkt acht die Bar. Frau Kiri und Bernard saßen bereits an einem Tisch. Anselm setzte sich zu ihnen und bediente sich beim Tee und dem frischen Gebäck. Sie lasen alle gemeinsam ihre Post und frühstückten. Kurze Zeit später kam der Vermieter durch die Tür. Verschlafen, zerknittert und mit verrutschtem Toupet begrüßte er alle murmelnd. Bernard und Anselm wechselten einen Blick und grinsten.

Bernard stand auf und schob noch einen Stuhl an den Tisch.

Der Vermieter schenkte sich Kaffee ein, in eine Tasse, welche groß genug für mehr als einen halben Liter war und setzte sich mit halb geschlossenen Augen zu ihnen.

Bernard zeigte fragend auf die Milch, welche auf dem Tisch stand. Pedocchi schüttelte langsam den Kopf und verbarg sein Gesicht hinter der riesigen Tasse. Er trug wieder seinen Bademantel und seine Pantoffeln. Er legte nun die

Zeitung, welche er vom kleinen Zeitungsstand hatte, auf den Tisch und begann zu lesen.

Als Bernard mit seiner Post fertig war, stand er auf und setzte noch eine Kanne Tee auf. Es roch im ganzen Haus nach frisch gebackenem Gebäck.

Es begann leicht zu regnen und das Wasser klopfte an die Scheiben.

Beide Hunde lagen aufeinander und Moonmoon hatte seinen Kopf auf Kiris Schoss.

Herr Pedocchi trank den letzten großen Schluck aus seiner Tasse und griff schmunzelnd nach dem Gebäck. Bernards Gebäck war ausgezeichnet.

Kapitel 15

Anselm saß an seinem Klavier und studierte ein Notenblatt. Es war voller Notizen und Kritzeleien. Das Lied war ein Einfaches und sie hatten abgemacht, zu versuchen, es binnen einer Woche zu lernen. Anselm übte jeden Tag in der letzten Woche.

Überlegt und vorsichtig begann er zu spielen und wurde gleich von einem Klopfen an der Tür unterbrochen. Es war Felix mit seiner Flöte. Er rauchte und begrüßte Anselm überschwänglich. Er schloss die Tür hinter sich, nahm einen tiefen Zug.

Kurz darauf kam Lesley an und nachdem sich alle begrüßt hatten, versuchten sie sich so gut wie möglich in dem kleinen Zimmer zu platzieren und nahmen die Notenblätter hervor. Es war ein sehr einfaches Stück.

Felix verfehlte jedoch jeden zweiten Ton und Anselm war sehr verkrampft und spielte zu langsam. Lesley war der Einzige, der es konnte. Obwohl die Erwartungen von Lesley nicht hoch waren bei dieser Probe, konnte man doch die Freude in seinem Gesicht ab dem dritten Takt langsam verschwinden sehen. „Okay", sagte er trocken und innerlich tot. Er nahm Felix das Notenblatt weg, räusperte sich und begann äußerst genaue Anweisungen zu geben, wie man das Instrument hielt und richtig darauf spielte. Auch Anselm gab er Anweisungen.

Immer wieder unterbrach er sie beim Spielen, um bei Felix den Griff oder bei Anselm die Haltung zu korrigieren.

In einer normalen Situation hätten sie sich über ihn lustig gemacht, doch sie waren beide stark daran interessiert, sich zu verbessern und hörten ihm immer zu und befolgten die Ratschläge.

Sie spielten nicht gut und die Proben wurden oft von Diskussionen unterbrochen. Felix war lang nicht davon zu überzeugen, dass er das Mundstück der Flöte nicht beißen sollte. Anselm war überzeugt, er spiele im richtigen Tempo, obwohl es klar hörbar war, dass er zu langsam spielte und Lesley saß oft nur auf dem Bett und musste sich ihre falschen Argumente anhören.

Die meisten Diskussionen begannen mit etwas Kleinem und endeten immer mit den gleichen drei Themen. Felix' Dummheit, das Mundstück zu beißen, und sich beinahe am Zahn zu verletzen, Anselms schlechtes Verstehen von Rhythmus und, der Meinung von Anselm und Felix nach, Lesleys Dickköpfigkeit. Lesley stand nur da in diesem Chaos von Idioten und versuchte, sich nicht zu sehr hineinziehen zu lassen.

Nachdem die Diskussionen endeten, sagte oft jemand etwas Sarkastisches wie: „Schön bin ich hier bei diesem historischen Moment." Und dann, nachdem sie lachten, begannen sie wieder von vorne zu spielen. Nach einer Stunde machen sie immer Pause und gingen nach draußen an die frische Luft. Nach guten zehn Minuten gingen sie wieder hinein, atmeten tief durch und begannen zu spielen.

Bei der fünften Probe, als sie gerade in den dritten Takt übergingen, hämmerte es an der Tür. Herr Pedocchi stand genervt vor der Tür. „Dieser Lärm", begann er und wurde gleich von Felix unterbrochen, welcher empört sagte: „Das ist Musik. Kunst." Herr Pedocchi sah ihn kurz gereizt an und begann erneut: „Dieser Lärm ist eine Zumutung. Und die lauten Diskussionen dazwischen auch." Alle drei lachten verlegen und entschuldigten sich, weil sie wussten, dass er Recht hatte. Felix sagte etwas rot im Gesicht: „Es ist schwerer als wir dachten", und schaute beschämt zu Boden.

„Ja dies ist deutlich zu hören", antwortete der Vermieter. Gerade als er den Mund noch einmal öffnete, öffnete sich die Tür von Frau Kiri. In der Hand hielt sie ein Backblech voller dampfender Kekse. Sie sagte, sie hätte sowieso gebacken und wollte sie beim harten Üben unterstützen. Der Vermieter sah sie missbilligend an. Erst als sie auch ihm einen Keks anbot, entspannte sich sein Gesichtsausdruck leicht und er nahm sich einen. Sie konnte ihn sogar davon überzeugen, sie weiter spielen zu lassen. Sie lächelte ihn an und bot ihm noch einen Keks an, bevor sie das Blech Anselm übergab. Der Vermieter nahm noch einen, warf den Jungs einen bestimmten Blick zu und verschwand hinter seiner Tür.

Sie probten noch ein paar Stunden weiter.

Beim Verabschieden nahm sich jeder noch einen Keks und sie verließen erschöpft die Wohnung. Anselm ließ sich aufs Bett fallen.

Kapitel 16

Es war ein kalter Sonntagnachmittag.

Bernard war gerade dabei, die Kasse zu reparieren, als eine alte Frau in die Bar hereinkam. Sie hatte einen Werkzeugkasten in der Hand. „TAG!", schrie sie. Bernard, der die Glocke nicht hörte, weil er zu konzentriert war, erschrak und zuckte zusammen. Er blinzelte sie ungläubig an. „RUPTUR IM TROMMELFELL!", schrie sie und zeigte auf ihr Ohr. Er versuchte sie anzulächeln und nickte verständnisvoll. „ICH BIN HIER FÜR DEN BOILER!", erklärte sie. „Ich dachte", begann Bernard in normaler Lautstärke, brach dann ab und wiederholte sich schreiend. „ICH DACHTE, WERNER WÜRDE KOMMEN!"

„TOT!", schrie sie. Sie sahen sich kurz an und dann begann Bernard zu lachen. Er hielt es für einen Scherz. Er merkte aber schnell, dass sie es ernst meinte und verstummte. Nach einer Pause räusperte er sich und schrie: „DANN ZEIGE ICH IHNEN MAL BESSER DEN BOILER. FOLGEN SIE MIR!" Er ging in die Küche, wo er eine Tür zu einer Abstellkammer öffnete.

Sie nickte, ging hinein und schloss die Tür.

Er ging wieder zur Kasse, nahm den Schraubenschlüssel in die Hand, den er vorher beinahe fallen gelassen hatte, und hantierte an der Kasse weiter.

Kurze Zeit später kam sie wieder aus der Kammer und marschierte schnell zur Tür. „Wie sieht es- WIE SIEHT ES MIT DEM BOILER AUS?", schrie er. Ohne anzuhalten oder sich auch nur umzudrehen, schrie sie: „NICHT ZU REPARIEREN! ERSETZEN!" und verschwand durch die Türe. Er sah ihr ungläubig nach, bis sie in eine Seitengasse abbog.

Alle saßen am Tisch und aßen zu Abend.

„Ratet mal, was heute kaputt gegangen ist", sagte Bernard und schaufelte sich eine Portion Karottenauflauf in den Mund.

„Es tut mir sehr leid, ich wollte es euch noch sagen, aber es war ein Unfall. Felix hielt es für eine gute Idee, das Klavier mit elastischen Seilen an Lesley zu befestigen und Lesley stolperte und wir fielen alle die Treppe runter und darum...", gab Anselm verlegen zu.

„Nein, nicht die Treppe", unterbrach ihn Bernard verwirrt. „Der Boiler. Und gewisse Wasserleitungen", sagte er und alle wurden nachdenklich still.

Nach ein paar Momenten der Stille bat Anselm sie, sein Geständnis bezüglich der Treppe zu ignorieren. Der Vermieter warf ihm einen düsteren Blick zu.

„Keine Dusche und keine frisch gewaschene Wäsche, wir werden ja ganz toll riechen", sagte Anselm kichernd.

Kapitel 17

Es war ein regnerischer Samstagmorgen und Anselm wachte mit einem Anatomiebuch über seinem Gesicht auf. Bald waren seine Abschlussprüfungen vom ersten Jahr. Er machte sich einen Tee in seinem Wasserkocher neben dem Waschbecken und setzte sich verschlafen an das Klavier. Er spielte so konzentriert, dass er die Zeit vergaß und das gekochte Wasser bereits wieder kalt war, als er aufhörte zu spielen. Dies war ihm noch nie passiert. Langsam nahm er die Hände von den Klaviertasten, ging zum Fenster und versuchte, die Uhrzeit von dem Kirchenturm abzulesen. Es war neblig und bereits Mittag.

Es wurde langsam Nachmittag und aus Anselms Wohnung konnte man Musik von einer Venylplatte hören, aus Herr Pedocchis Wohnung Husten und dann Fluchen und aus Kiris kurzes, aufgeregtes Bellen der Hunde.

Die Musik bei Anselm stoppte abrupt und man hörte Schlüssel. Anselm kam mit einem Handtuch über der Schulter aus der Wohnung, schloss seine Tür von außen und ging durch den Gang. Heute war Anselms Tag zu duschen. Im ganzen Haus gab es wegen des Alkoholismus des Architekten und der Nachlässigkeit der Baufirma nur eine Dusche. Sie befand sich im dritten Stock.

Es war ein sehr bekannter Architekt in dieser Gegend und er designte viele Gebäude, Brücken und Straßen. Er baute die meisten davon sogar selber. Die Flarichstraße, welche am einen und am anderen Ende der Stadt begann, sich in der Mitte aber nicht traf, war sein berühmtestes Werk.

Mit der Zeit wurde diese Straße zu einer Touristenattraktion und man benutzte sie einfach nur für Teilstrecken.

Er ging die Treppe hinauf und in die Dusche, kurze Zeit später hörte man ihn das Wasser aufdrehen und beginnen zu pfeifen.

Kurze darauf hörte man einen Schrei und man sah, wie Anselm klitschnass mit dem Handtuch um die Hüfte die Treppe hinunter marschierte. Er hämmerte an die Tür des Vermieters. Dieser öffnete und sah Anselm überrascht an. Er stand triefend nass, Shampoo in den Haaren und nur mit einem Handtuch um die Hüften bekleidet, in einer sich bildenden Pfütze. Und sein Blick sprach Bände. „Der Boiler funktioniert immer noch nicht", sagte er durch seine zusammengebissenen Zähne, während Wasser sein Gesicht hinunter lief. Sie bekamen ihr Wasser ziemlich frisch aus der nächsten Quelle, was es eiskalt machte. Dies war kein Problem solange der Boiler funktionierte. Und der Fakt, dass es Winter war, verschlimmerte die Situation auch noch. Herr Pedocchi hatte nicht viele Aufgaben. Doch er war für den Boiler verantwortlich. Er lief rot an: „Aber Bernard hat ihn reparieren lassen!" „Anscheinend nicht!", rief Anselm fröstelnd und wütend.

Ohne noch etwas zu sagen, drehte er sich um und ging in seine Wohnung zurück.

Immer noch etwas perplex sah Herr Pedocchi ihm nach, bis er in der Wohnung verschwunden war.

Hastig wechselte er von seinen Hauspantoffeln in seine Alltagpantoffeln und stapfte die Treppe hinunter in die Bar. „Bernard?", rief er, weil er ihn nicht sah. „Was?", schrie dieser zurück. Seine Stimme kam aus der Küche. Er war im kleinen Nebenraum der Küche in dem sich der Boiler befand und hantierte an den Schrauben herum." Der Boiler funktioniert nicht mehr.", sagte Pedocchi wichtig. Bernard drehte sich langsam um, mit Schraubenzieher im Mund, starrte ihn nur ungläubig an und nickte dann langsam. Er kletterte herunter, legte das Werkzeug in den Kasten zurück und sagte: „Er sollte wieder gehen, aber wir können es nicht weiter vor uns herschieben, wir brauchen einen neuen Boiler."

Sie beschwerten sich noch beide kurz über den Boiler und die Kosten und gingen dann auseinander.

Er informierte Anselm, dass der Boiler wieder funktionierte. Er sah ihn nur mit leerem Blick an und ging wieder hinauf in die Dusche.

Es gab nicht viele Momente, in denen Anselm die Oberhand in einer Diskussion hatte. Doch die Unterhaltung des Hauses und somit des Boilers war der einzige wirklich Job des Vermieters und das wusste er auch.

Das Wasser hatte einen komischen Grauton und Anselm beobachtete es skeptisch, bis es die Farbe verlor und auch nicht mehr seltsam roch.

Kapitel 18

Anselm kam mit einer Kiste voller Gerümpel aus dem Haus in den Innenhof. Sie hatten Tische aufgestellt und ein farbiges Schild gstaltet auf dem falsch geschrieben „Flohmarkt" stand. Anselm hätte beinahe einen Kommentar dazu abgegeben, aber als Herr Pedocchi ihnen das Schild so stolz zeigte, wollte man ihm nicht in die Parade regnen. Anselm war sowieso aufgefallen, dass sich der Vermieter allgemein bemühte, was etwas Neues war. Und abgesehen davon fand er es auch zu witzig.

Er begann, seine Sachen auf dem Tisch auszubreiten. Eine Lampe, ein Aschenbecher, sonstigen Schnickschnack und Bücher. Viele.
Bernard wollte vor allem Küchenutensilien verkaufen.
„Ich hoffe, es reicht, um den Boiler zu bezahlen", murmelte Bernard nachdenklich.

„Nein, ich brauche keine Hilfe!", hörte man den Vermieter laut aus dem Treppenhaus rufen und sah ihn dann um die Ecke biegen und neben ihm Kiri. „Sie haben schon beinahe zweimal alles fallen gelassen und wären fast gestürzt!"
„Mit der Betonung auf „fast"!", gab der Vermieter genervt zurück, während er die Holzkiste mühsam festhielt, und immer wieder auf seinem Knie abstützte, sich aber weigerte, sie abzustellen. Sie war überfüllt und sah sehr schwer aus.
„Na gut, dann stürzen Sie halt zu Tode! Auf Ihrem Grabstein wird dann stehen: Martin Pedocchi, Krieger, Tod durch Kiste", sagte sie und zwängte sich an ihm vorbei.

Er sah ihr mit zusammengekniffenen Augen nach, während er die Kiste am Hinunterrutschen zu verhindern versuchte und äffte sie dann nach.

Keuchend und schnaubend hievte er dann die Kiste auf seinen Tisch und wischte sich die Stirn ab. Er atmete tief durch und tätschelte dann stolz die Kiste. Kiri rollte nur die Augen und begann, ihre Sachen auf dem Tisch auszubreiten.

Es war kurz vor Mittag, die Sonne schien in den Innenhof und die zwei Hunde jagten sich gegenseitig. Moonmoon war schneller, aber sehr ungeschickt und ihr Kopf steckte wöchentlich in einer Vase oder einem Gartenzaun fest.

Anselm lief mehrmals die Treppe hoch und runter, um seine über dreißig Bücher zu transportieren. Als der Vermieter für die zweite Kiste die Treppe hinauf eilte, rempelte er Anselm beinahe, der gekonnt einen meterhohen Bücherstapel vor sich her trug.

Als Anselm wieder im Innenhof war, fiel sein Auge sofort auf einen Vogelkäfig, welchen Frau Kiri verkaufen wollte. Er war goldig. Langsam ging er zum Tisch, ohne den Blick abzuwenden und nahm ihn vorsichtig in die Hand. „Wunderschön, nicht wahr?", bemerkte sie. Er nickte und fragte, ob er ihn kaufen könne. „Natürlich, du kannst ihn offen lassen und mit Nüssen und Körnern füllen. Vögel lieben es." „Das ist nicht der Sinn des Flohmarkts, ihr könnt euch nicht gegenseitig Dinge abkaufen", sagte der Vermieter entrüstet, während er die Treppe herunterstapfte. „Nein, im Gegenteil-", sagte Anselm und hob belehrend den Finger, „der Sinn ist es, Geld für den Boiler zu sammeln. Und ich bezahle es, ergo, Geld für den Boiler."

Er sah ihn mürrisch an und widmete sich dann seinem Tisch, begann aber auch, die Sachen der anderen genauer anzuschauen und kaufte zwei Bücher von Anselm und eine kleine Kaffeekanne von Bernard.

Der Flohmarkt lief okay. Ein paar wenige Besucher waren aus Neugier dort, aber die meisten waren Bewohner der Nachbarsgebäude, welche von ihnen an der Haustür so lange belästigt wurden, bis sie nach draußen kamen und die Ware begutachteten. Anselm machte kräftig Werbung, während Kiri für die Kasse zuständig war. Der Vermieter und Bernard standen daneben und unterhielten sich mit den Besuchern. Es war ein gutes System.

Gegen den späten Nachmittag, mit warmem Sonnenschein im Innenhof, packten sie langsam alles zusammen.

Die Vögel zwitscherten und im Licht der Abendsonne saßen sie alle im Innenhof, während Kiri das Geld zählte. Es war zu wenig für einen neuen Boiler.

Am nächsten Morgen kam Anselm mit einer Zeitung in der Hand in die Bar hinunter. Ein Artikel fiel ihm beim Lesen ins Auge. Er legte die Zeitung vor Herrn Pedocchi auf den Tisch und zeigte aufgeregt auf den Artikel.

„Sieh dir das an!"

Herr Pedocchi nahm sie in die Hand und begann mit Mühe zu lesen.

„Illegale Hasenjagd führt zu Hospitalisation des Schützen", sagte er mit zusammengekniffenen Augen und seinem Gesicht eine Nasenlänge entfernt von der Zeitung.

„Nein. Darunter."

„Illegale" „Nein", unterbrach er ihn und nahm ihm die Zeitung weg.

„Hier. Totalleerräumung und Abreißen des goldenen Hangs. Eine Bar mit Geschichte erfährt ein nahes Ende. Und so weiter und so weiter."

„Und?"

„Auch sie haben einen Boiler und mit etwas Glück können wir ihnen alte Einzelteile abkaufen, oder gleich den Ganzen. Ich gehe heute zum Inhaber und frage ihn."

Beeindruck sah er Anselm an. „Gute Idee."

Kapitel 19

Anselms Vogelfutterkäfig lockte oft Vögel an. Selten schlief ein Vogel sogar mal im Käfig und Anselm begann, etwas Nestartiges zu basteln, damit es gemütlicher war. Im Frühling kam es sogar dazu, dass zwei Vögel sich entschieden, sich dort einzunisten, was Anselms Beschützerinstinkt weckte. Er stellte immer sicher, dass es ihnen gut ging.

Einmal waren beide Eltern weg und Anselm geriet in Panik. Übervorsichtig fütterte er den Küken selbstgefundene Würmer. Es dauerte den ganzen Tag, die Würmer zu finden und zu verfüttern, und dies mehrmals.

Ihm fiel ein Stein vom Herzen, als er die Eltern am nächsten Tag wieder im Nest sah.

Kapitel 20

Herr Pedocchi trug eine Brille. Er hatte eine lange und aufreibende Geschichte mit seinem Augenarzt und der Frage, ob er eine Brille benötigte, oder nicht. Er hasste Ärzte. Sowohl aus Erfahrung als auch aus Prinzip.

Nach mehreren Monaten hitzigen, fast gewalttätigen Diskussionen, saß Herr Pedocchi mit einem Rezept beim Optiker.

Er musste sich dann den restlichen Nachmittag die verschiedenen Formen und Farben der Brillenmodelle anschauen.

Er hatte niemandem genau erklärt, warum er das Tragen einer Brille so hasste, aber man war sich lange sicher, dass er nie von einem Arzt dazu überredet werden könnte.

Doch eines Abends saß er da, mit der hässlichsten Brille im Gesicht, die er hatte auswählen können. Er hatte einen mürrischen Gesichtsausdruck und verschränkte Arme.

Niemand sprach ihn darauf an.

Dies war nun ein paar Jahre her und alle, inklusive Herrn Pedocchi, hatten sich an die Brille gewöhnt.

Er trug sie immer. Nicht weil er sie plötzlich tolerierte, sondern weil er ohne sie praktisch nichts mehr sehen konnte.

Eines Tages setzte er sich jedoch aus Versehen darauf und machte sie kaputt.

Desorientiert und mit zugekniffenen Augen tastete er sich an der Wand entlang und klopfte an Anselms Tür. Anselm lachte, während der Vermieter ihm erzählte, was passiert war, hörte aber auf, als ihn der Vermieter mit einem bedrohlich bösen Blick anstarrte. „Taktlos", dachte er.

Anselm ließ die Tür offen und begann in seiner Wohnung nach einem kurzfristigen Brillenersatz für ihn zu suchen.

Seine Lupe, dünkte es ihm, machte am meisten Sinn. Frau Kiri hatte leider nichts Brauchbares, also ging er in den Buchladen mit dem Monokel im Schaufenster und kaufte es. Mit Draht und Klebeband befestigte er die Lupe und das Monokel aneinander und setzte dem Vermieter diese Konstruktion auf. Es sah lächerlich aus.

Er war hin- und hergerissen zwischen einem Wutausbruch über diese lächerlichste aller Brillen und Dankbarkeit für Anselms Mühe. Er entschied sich für ein dankendes Grummeln.

Zum Lesen reichte es nicht, aber um den Alltag zu bestreiten, bis er die neue Brille vom Optiker bekommen würde, reichte es.

Kapitel 21

Nichts konnte sie aufhalten, heute guter Stimmung zu sein heute. Der Tag war endlich gekommen. Der Boiler funktionierte wieder. Mit Anselms Abschlussprüfungen und dem immer kälteren Winter wurden die kalten Duschen fast unerträglich.

Die kalten Duschen im Winter, in einem undichten Haus, machtem mit der Zeit alle wütend.

Es gab Abende, an denen sie sich nur trafen, um sich über den Boiler aufzuregen. Und wenn jemand halb verfroren die Treppe runter in die eigene Wohnung rannte, bekam man einen verständnisvollen Blick, gefolgt von einem tiefen Seutzer.

Alle freuten sich auf ihre erste warme Dusche seit Wochen. Kiri ging später zur Arbeit, Herr Pedocchi kaufte sich frische Seifen und einen Lufaschwamm und Anselm erzählte seinen Freunden von nichts anderem.

Sie hatten eigentlich einen genauen Plan, wann wer duschen konnte, aber heute war dies nicht wichtig. Alle duschten über eine Stunde, was sie ein Vermögen kostete, aber es war es wert.

Es war ein guter Tag für alle.

KAPITEL 22

Es war für alle ein sehr langer und anstrengender Tag. Anselm hatte heute seine letzte Abschlussprüfungen, Kiri musste wegen einer Eilbestellung beinahe doppelt so viele Uhren fertigen wie normalerweise, Bernard hatte Probleme mit Lieferanten und Herr Pedocchi musste in die Stadt und sich den ganzen Tag mit Ämtern umherschlagen. Alle waren froh, dass der Tag vorbei war und saßen erschöpft an einem Tisch in der Bar.

Die Bar war schon geschlossen und sie waren die einzigen Gäste.

Pedocchi las die Zeitung, weil er erst jetzt dazu kam.

Wie bereits erwähnt, gab es im ersten Stock einen Zeitungsständer, immer mit der aktuellen Zeitung. Dies war eine Signatur des berühmten Architekten Penti Rosso.

Dank seiner Liebe zu Alkohol und dem sogenannten „Kleinstadtcharme" designte er die unmöglichsten Dinge. Er war auch der Architekt der Straße, die sich nie traf und einer Windmühle, welche durch Bäume und eine Wand vom Wind vollkommen geschützt wurde. Seine Unfähigkeit machte die Stadt aber auch berühmt und zu einer Touristenattraktion.

Kapitel 23

Anselm stand immer sehr früh auf, um noch lernen zu können. Um punkt sechs Uhr kroch er aus dem Bett, putzte sich die Zähne und schlug dann seine Bücher auf.

Eine halbe Stunde später wachte Frau Kiri auf. Sie schlüpfte in ihre Pantoffeln und machte sich bereit, um mit den Hunden rauszugehen. Sie trug ein rosafarbenes Nachtgewand und eine Schlafmaske. Ihre Haare waren ganz durcheinander und mit der Schlafmaske verheddert. Sie schenkte sich eine Tasse Kaffee ein, gab etwas Milch und Zucker dazu und setzte sich ans Fenster.

Bernard öffnete die Bar immer um acht Uhr. Zu dieser Zeit wachte Herr Pedocchi langsam auf, schleppte sich runter an den Stammtisch und starrte mit schiefem Schnurrbart Löcher in die Luft. Anselm saß bereits am Tisch und las Zeitung. Immer wieder nickte er interessiert oder schüttelte den Kopf.

„Guten Morgen zusammen", sagte Kiri, als sie mit Nori und Moon-moon durch die Tür kam. „Guten Morgen Kiri", sagte Anselm und legte die Zeitung hin. Nori und Moon-moon spielten unter dem Tisch, während Anselm sie zu streicheln versuchte. „Guten Morgen, was darf's sein?"

Herr Pedocchi:„Kaffee" Mürrisch.

Frau Kiri und Anselm:„Tee, bitte"

Bernard nickte und holte die Getränke. „Was gibt's Neues auf der Welt?", fragte er. „Nicht viel."

Nach der dritten Tasse Kaffee war Herr Pedocchi wach und wollte im Pyjama zur Post. „Man wird schließlich nicht bezahlt, um gut auszusehen", sagte er immer.

Kurz darauf begann es zu regnen.

Anselm fand es fast schade an die Uni zu müssen und den durchtränkten Pedocchi zu verpassen.

Ein dicker Mann mit breitem Schnurrbart kam durch die Tür und schüttelte seinen Regenschirm aus. „Was für ein Unwetter", murmelte er zu sich und steuerte bestimmt auf Bernard zu, welcher an der Kasse stand. „Sind sie der Hausbesitzer?", fragte er mit hoher Stimme.

Bernard schüttelte den Kopf, ohne aufzuschauen. „Sie suchen Herrn Pedocchi, er ist gerade zur Post. Sie können gerne auf ihn warten", sagte er und zeigte auf einen leeren Tisch.

Bernard kam mit einer Karte zu ihm. „Es gibt momentan nur Getränke und kalte Speisen, der Koch ist krank. Missbilligend kniff der Mann die Augen etwas zusammen und bestellte dann einen Kaffee.

Mit etwas hängengebliebenem Schaum im Bart studierte er die Zeitung. Rubrik Politik.

Plötzlich wurde die Bartür aufgeschlagen. Im Hintergrund blitzte es und Herr Pedocchi stand vom Regen durchtränkt, in seinem Pyjama, im Türrahmen. Er hielt eine durchtränkte Zeitung über dem Kopf und war stinksauer. Das Wasser lief ihm nur so runter und seine Pantoffeln pflatschten mit jedem Schritt auf den Boden.

Er rümpfte die Nase, nieste und stützte sich erschöpft an einem Tisch ab.

Bernard gab einen lauten Lachschrei von sich. „Oh, ich bitte um Entschuldigung", sagte er seriös, sammelte sich wieder und teilte Herrn Pedocchi mit, dass er Besuch habe.

Hastig stand der Mann auf und reichte Herrn Pedocchi die Hand.

„Lenzer Jochen mein Name. Ich bin hier wegen eines Verstoßes"

Herr Pedocchi wischte seine Hand unauffällig an seiner Hose ab und schüttelte ihm zögernd die Hand.

Sie sahen sich etwas zu lange schweigend an, bevor sie sich dann beide hinsetzten. Herr Lenzer setzte wieder an.

„Uns ist zu Ohren gekommen, dass Sie einen Flohmarkt hier betrieben haben, ohne Bewilligung."

Herr Pedocchi sah in nur entnervt an. „Und?"

„Naja, dies ist gegen unsere Vorschriften."

„Es war aber eine Notwendigkeit, wir mussten unseren Boiler ersetzten."

„Sie haben einen neuen Boiler?", fragte Herr Jochen überrascht.

„Ja", sagte der Vermieter zögernd und etwas unsicher.

„Dies verstösst ebenfalls gegen unsere Vorschriften. Sie hätten einen Antrag schreiben sollen."

Dem Vermieter war dies neu. „Okay", sagte er auf weitere Informationen wartend.

„Dies wird Sie eine Busse kosten. Nur der Flohmarkt wäre ein kleines Problem, aber ohne Bewilligung und Beaufsichtigung einen integralen Teil der Wohnstruktur zu verändern, wird Sie viel kosten."

Blass sah der Vermieter ihn an. „Na gut. Ich werde dies mit meinen Mietern besprechen."

TEIL 1 ENDE

Die Autorin

Die in Zürich geborene Alina Valais träumte schon mit acht Jahren davon, ein eigenes Buch zu veröffentlichen. Drei Versuche brauchte sie, um die Prüfung für das Gymnasium zu bestehen. Sie besuchte auch Zusatzunterricht, den ihre Mutter ihr schenkte, um ihr den Weg zu ebnen. Als sie bestand, entschied sie sich für den musischen Zweig des Gymnasiums und dann, mit der Matura in der Hand, ging sie an die Universität Zürich. Während sie an der Universität Japanisch lernte, begann sie mit dieser Geschichte. Danach wechselte sie an die Pädagogische Hochschule und begann eine Ausbildung zur Lehrerin.

Ihre Gesundheit war stets ein großes Thema. Im Gymnasium musste sie sogar eine Auszeit von einem Jahr nehmen, weil sich ihre Krankheit verschlimmerte. Dies verstärkte sich in den letzten Jahren noch und deshalb musste sie ihr Studium unterbrechen, um sich ihrer Gesundheit widmen zu können.

Der Verlag

> *Wer aufhört besser zu werden, hat aufgehört gut zu sein!*

Basierend auf diesem Motto ist es dem novum Verlag ein Anliegen, neue Manuskripte aufzuspüren, zu veröffentlichen und deren Autoren langfristig zu fördern. Mittlerweile gilt der 1997 gegründete und mehrfach prämierte Verlag als Spezialist für Neuautoren in Deutschland, Österreich und der Schweiz.

Für jedes neue Manuskript wird innerhalb weniger Wochen eine kostenfreie, unverbindliche Lektorats-Prüfung erstellt.

Weitere Informationen zum Verlag und seinen Büchern finden Sie im Internet unter:

www.novumverlag.com